Stephano

AF237074

Wellenreiten

WELLENREITEN

DER EINSTIEG IN DIE GAYSTORYS

STEPHANO

Ministerium für
Kultur und Wissenschaft
des Landes Nordrhein-Westfalen

Gefördert durch ein Künstlerstipendium im Rahmen
der NRW-Corona-Hilfen

Bibliografische Information der Deutschen Nationalbibliothek: Die Deutsche Nationalbibliothek verzeichnet
diese Publikation in der Deutschen Nationalbibliografie;
detaillierte bibliografische Daten sind im Internet über
dnb.dnb.de abrufbar.

Lektorat: Anne Ameling
Cover, Layout und Satz: Herrn Meyers Buchmacherei
(Coverfoto: Oliver Sjöström, Unsplash)

Herstellung und Verlag:
BoD - Books on Demand, Norderstedt
ISBN: 978-375-579-679-4
Auch als E-Book erhältlich.

DIE INSEL

AN BORD DER Fähre vom Festland auf die kleine ostfriesische Insel schloss Joschi die Augen und atmete die frische Seeluft tief ein. Die Frühlingssonne wärmte seine Haut und verdrängte für einen Moment die Erinnerungen an die vergangenen Tage. Ruhe breitete sich in ihm aus. Doch eine kreischende Möwe, die dicht an seinem Ohr vorbeiflog, führte ihm die Bilder, vor denen er auf der Flucht war, sofort wieder vor Augen.

»Scheiße«, murmelte Joschi und schlug mit der Faust auf die Reling.

Er konnte nicht rückgängig machen, was geschehen war. Dabei war diese kleine Fummelei mit Tom im Grunde nichts Dramatisches gewesen. Aber vielleicht hätten sie sich nicht gerade auf der Abifeier darauf einlassen sollen. Und dann auch noch im Fahrradkeller der Schule. Sie waren beide besoffen und bekifft gewesen. Und sie hatten völlig ungeplant eine Grenze überschritten. Seitdem schnitt ihn sein bester Freund. Jeden Versuch, darüber zu reden, blockte Tom konsequent ab. Und das tat Joschi verdammt weh.

Die Fähre schob sich in die rauen Wellen der Nordsee. Sie schaukelte auf und ab, schlingerte, wenn sich die Wogen aus unterschiedlichen Richtungen überkreuzten, während vor ihm die Insel schon klar erkennbar war. In einer halben Stunde würde er da sein, um sich eine Woche lang vom Rest der Welt abzuschotten. Nur Strand, Sonne, Bücher. Er wusste genau, dass er hier Ruhe finden würde, denn er war in den letzten Jahren oft mit seinen Eltern auf dieser Insel gewesen. Die Saison hatte noch nicht richtig begonnen, Schulferien standen gerade nicht an und daher erwartete Joschi nur wenige bekannte Gesichter.

Hatte er sich verliebt? Seit ein paar Tagen schwirrte Joschi genau diese Frage durch den Kopf. Hatte er sich tatsächlich in Tom verknallt und mit einer besoffenen Fummelei die Freundschaft kaputtgemacht? Das war so dumm. Er wusste doch genau, wie schüchtern Tom war. Tom, der sich sofort zurückzog, sobald jemand über Mädchen, Beziehungen oder gar Sex sprach. Immer wieder hatte Joschi mit ihm über seine Gefühle zu Jungs sprechen wollen. Doch Tom hatte das Thema jedes Mal sofort abgeblockt. Ganz so, als wüsste er längst, dass Joschi auf Jungs stand und er darin eine Gefahr für ihre Freundschaft sah. Aber warum war Joschi das so wichtig? Hatte er sich doch verknallt?

Nein. Das war es nicht. Joschi fand Tom durchaus attraktiv. Und auf freundschaftlicher Ebene liebte er ihn sogar. Aber er wollte nicht mit ihm zusammen sein. Er konnte auch gar nicht mit ihm zusammen sein, denn Tom war hetero. Darin war sich Joschi mittlerweile sicher.

Die Insel kam jetzt zügig näher und Joschi konnte schon die ersten Details im Hafen erkennen. Natürlich hatte Karin angekündigt, ihn abzuholen. Er hatte zwar nicht viel Gepäck dabei, aber der Empfang am Hafen war Tradition. Als die Fähre den Bogen zum Anleger einschlug, entdeckte Joschi sie neben ihrem Fahrrad. Sie hatte die Haare zu einem Pferdeschwanz zusammengebunden und scannte das Deck nach ihm ab. Joschi hob die Hand und als Karin ihn sah, lächelte sie breit. Sie winkte zurück und rief ihm etwas zu, was er wegen des Windes nicht verstand.

Joschi liebte diese kleine autofreie Insel, die ihn schon so oft aus der Unruhe und Hektik der Schule gerissen und wieder auf den Boden der Tatsachen gebracht hatte.

Neben Karin lehnte ein Junge in Joschis Alter mit verschränkten Armen an der Kaimauer, der offenbar ebenfalls jemanden von der Fähre abholte und den Blick über die Fahrgäste schweifen ließ. Als er Joschi sah, nickte der Junge ihm kurz zu, ganz so, als würden sie sich irgendwoher kennen.

Natürlich bemerkte Karin, dass irgendwas mit Joschi nicht ganz stimmte, aber sie fragte ihn nicht danach. Und der war ihr dafür sehr dankbar. Er schnallte seine Tasche auf den Gepäckträger ihres Fahrrads und gemeinsam schlenderten sie ins Ostdorf, wo sich die reetgedeckten Häuser tief zwischen die Dünen duckten. Joschi erzählte vom gerade bestandenen Abitur und dem damit verbundenen Stress, Karin berichtete von den kleinen Skandalen, die die Inselbewohner den Winter über beschäftigt hatten, und bald erreichten sie das Haus, in dem Karin fünf Gästezimmer an Touristen vermietete. In diesen Tagen war er allerdings der einzige Gast.

»Soll ich uns später etwas zu essen machen?«, fragte sie, als Joschi mit seiner Tasche ins Haus trat. Dabei musste er aufpassen, dass er sich nicht an der niedrigen Tür den Kopf stieß. »Ich könnte Spaghetti machen. Und Salat.«

»Ja, gerne«, antwortete Joschi und stieg die schmale Holztreppe hinauf.

Sein Zimmer war klein, gemütlich und der Geruch weckte Kindheitserinnerungen in ihm. Dieses Haus und Karin waren immer ein fester Bestandteil der Ferien gewesen. Seit Karins Eltern gestorben waren, führte sie die Pension alleine. Joschi fragte sich heute zum ersten Mal, warum sie eigentlich Single war. Karin war Mitte dreißig, intelligent und attraktiv. Aber vermutlich war die Auswahl an passenden Männern auf der Insel zu klein. Irgendwann würde er sie mal danach fragen. Aber heute wollte er das Thema lieber nicht anschneiden, denn das hätte vermutlich dazu geführt, dass Karin ihn ihrerseits fragen würde, wie es denn bei ihm mit einer Beziehung aussah. Dazu war er nach den Erlebnissen auf der Abifeier noch nicht bereit.

DER SURFER

NACHDEM ER SEINE Tasche aufs Bett gestellt hatte, beschloss er, an den Strand zu gehen, um die Wassertemperatur zu testen. Vermutlich war es noch zu kalt zum Schwimmen, aber er wollte zumindest mit den Füßen ins Wasser und den Sand zwischen den Zehen spüren. Er setzte seine Sonnenbrille auf und marschierte los.

Als Joschi die Dünen erreichte, zog er seine Schuhe aus und ging barfuß weiter. Der feinkörnige Sand kribbelte unter seinen Fußsohlen und löste wohlige Erinnerungen in ihm aus. Er kraxelte den unbefestigten Weg hinauf, erreichte den Kamm und vor ihm breitete sich die Nordsee bis zum Horizont aus. Der Wind blies kräftig von Westen und wühlte das Meer auf. Die Flut war nach ihrem Höchststand gegen Mittag schon wieder auf dem Rückzug und die Ebbe legte allmählich eine immer weiter werdende Fläche trocken, auf der sich nur direkt bei den Dünen ein paar Strandkörbe ausruhten. Joschi atmete die frische Luft tief in seine Lungen und ließ die Gedanken an die zurückliegenden Tage fallen. Er war am Meer und hatte ein paar Tage ganz für sich allein. Nur das zählte jetzt.

Vereinzelte Urlauber spazierten übers Watt, rechts saß ein Paar im Windschatten eines Strandkorbes auf seinen Badetüchern und auf dem Wasser kurvten zwei Kitesurfer durch die Wellen. Ihre Lenkdrachen schwebten weit über ihnen am Himmel und zogen sie durch die Wogen. Links bereitete gerade ein dritter Surfer sein Board und den Drachen vor. Joschi beobachtete ihn eine Weile bei seinen Bemühungen, gegen den Wind anzukommen, dann rannte er die Düne auf der Meerseite in großen Schritten herunter. Er wollte so schnell wie möglich ans Wasser.

Er lief über den Strand, erreichte das Watt, spurtete über den feuchten Sand auf die Wellen zu. Das Wasser war wie erwartet noch ziemlich kalt und spritzte unter Joschis Schritten in alle Richtungen. Er stoppte, schloss die Augen und breitete die Arme weit aus. Endlich. Das Meer.

Eine Weile blieb er einfach so stehen. Die Sonne wärmte sein Gesicht angenehm und das Wasser umspielte bei jeder Welle seine Waden. Schließlich bückte er sich und tauchte die Hände ins Wasser. Muschelschalen und kleine Steine lockerten die einheitliche Farbe des Meeresbodens auf.

Gerade überlegte Joschi, ob er doch noch seine Badehose holen und versuchen sollte, wie weit er ohne zu erfrieren ins Wasser gehen konnte, da nahm er neben sich eine Bewegung wahr. Der Kitesurfer vom Strand trug sein Board in Richtung Wasser und kämpfte immer noch mit dem Lenkdrachen. Joschi richtete sich auf und beobachtete ihn.

Jetzt erkannte er den Jungen wieder, der ihm am Hafen zugenickt hatte. Er trug einen hautengen Neoprenanzug. Das Board hielt er unter dem Arm und der Drachen zerrte ihn aufs Meer hinaus. Doch offenbar hatte sich eine Leine verheddert, sodass er unruhig flatterte und immer wieder ins Wasser zu stürzen drohte. Was dann schließlich auch passierte. Er klatschte in die Wellen und der Junge fluchte laut. Er zerrte an den Leinen, um ihn wieder in die Luft zu bekommen, doch der Drachen weigerte sich standhaft. Dabei trieb er allmählich auf Joschi zu.

»Soll ich dir helfen?«, rief er dem Jungen zu.

»Das wäre toll«, antwortete der.

Joschi trabte durchs Wasser auf den Drachen zu und packte ihn am Gestänge. Aus der Nähe realisierte er zum ersten Mal die Größe der Segelfläche und spürte die Kräfte, die der Wind auf den Schirm ausübte. Als er ihn fest in den Händen hielt, kam der Junge auf ihn zugerannt.

»Danke!«, sagte er und lächelte Joschi zu. »Hältst du ihn noch einen Moment fest, damit ich die Leinen entwirren kann?«

Joschi nickte.

Während der Junge die Leinen sortierte, betrachtete Joschi ihn genauer. Er war schlank und schien ein wenig älter als Joschi zu sein. Der Anzug schmiegte sich eng an seine Haut und ließ einen durchtrainierten Body erahnen. Doch bevor Joschi tiefer in diesen Anblick versinken konnte, war der Junge auch schon fertig und nickte ihm zu.

»Ich laufe ein Stück zurück, bis die Leinen wieder gespannt sind. Dann kriege ich den Schirm allein in die Luft, sobald du loslässt.«

»Okay.«

Und schon stapfte der Junge rückwärts von ihm fort, zwinkerte ihm dabei einmal zu, stieg auf sein Board, fasste das Trapez fest mit beiden Händen und gab Joschi dann mit dem Kopf ein Zeichen, dass er loslassen konnte. Der Drachen bauschte sich sofort auf und stieg in die Höhe. Der Junge stemmte die Beine gegen sein Board und fuhr los.

Joschi sah ihm fasziniert nach. Er beobachtete, wie der Junge über die Wellen gezogen wurde, und registrierte dabei, dass er ihn ziemlich attraktiv fand. Er grinste. Er hatte sich gerade in einen sexy Surfer verguckt. Der Junge drehte eine Runde, um zu Joschi zurückzukehren, der bis zu den Oberschenkeln im Wasser stand und jetzt erst bemerkte, dass seine Shorts klitschnass waren.

Der Surfer kam in mäßigem Tempo auf ihn zu, setzte zu einem Bogen an, der ihn dicht an Joschi vorbeiführte, und rief ihm noch einmal einen Dank zu, bevor er sich wieder aufs Meer hinausziehen ließ.

DER JUNGE

DA DER WIND im Laufe des Tages auffrischte, verbrachte Joschi den Nachmittag im geschützten Vorgarten der Pension. Er zog sich das T-Shirt über den Kopf und legte sich auf eine Liege in die Sonne. Eigentlich wollte er lesen, doch irgendwie war ihm plötzlich mehr danach, das Gesicht mit geschlossenen Augen der Wärme entgegenzurecken und sich von seinen Gedanken treiben zu lassen. Er hörte die Möwen über sich kreischen, irgendwo wurde ein Rasen gemäht, der Wind rauschte durch die Blätter der Hecke, die den Garten umgab, und der salzige Geschmack des Meeres machte sich auf seiner Zunge breit. Joschi spürte die Sonne wohltuend auf der Haut, eine leichte Brise strich über die Haare an seinen Armen und Beinen und fand auch immer wieder den Weg von unten in seine Shorts. Der Junge vom Strand huschte noch einmal durch Joschis Erinnerung, sein verschmitztes Lächeln trat ihm vor Augen und in Gedanken wanderte Joschis Blick noch einmal über den unter dem Neoprenanzug versteckten Körper. Er spürte das Blut in seinen Lenden angenehm pulsieren. Langsam döste er ein.

Er wachte davon auf, dass sich das Licht veränderte. Joschi öffnete vorsichtig ein Auge. Neben ihm stand der Junge vom Strand, warf seinen Schatten auf Joschis Gesicht und grinste breit.

»Hier wohnst du also«, sagte er und schüttelte das Wasser aus seinen Haaren.

Joschi richtete sich auf und betrachtete die Wassertropfen, die gerade noch in den Haaren des anderen gewesen waren und jetzt seine Haut und die leicht ausgebeulten Shorts bedeckten. Schnell hob er den Blick.

»Ich habe mich vorhin gar nicht vorgestellt«, fuhr der Junge fort. »Ich bin Cem.«

Er streckte Joschi die Hand entgegen. Joschi stellte die Beine zu beiden Seiten der Liege ab und griff nach Cems Hand. Sie war warm und voller Sand. Cem trug zwar noch seinen Anzug, doch der war jetzt offen und bis zu den Hüften heruntergeklappt, sodass Joschi den trainierten Oberkörper und die kräftigen Arme nun unverhüllt sehen konnte.

»Joschi«, sagte Joschi und wollte den Handschlag beenden, doch Cem hielt ihn noch ein paar Sekunden länger fest und sah ihm in die Augen, bevor er den Griff lockerte.

»Heute Abend steigt eine kleine Party am Strand. Nicht weit vom nächsten Übergang über die Düne. Wenn du Lust hast, dann komm doch vorbei.«

»Wann geht's denn los?«, erkundigte sich Joschi, der zwischen Freude über die Einladung und dem Bedürfnis nach Rückzug schwankte.

»Gegen acht.«

Dann wandte sich Cem auch schon wieder ab und schlenderte auf das Gartentor zu.

»Ich schau mal«, rief Joschi ihm nach.

Cem stoppte kurz vor dem Tor und drehte sich noch einmal um.

»Ganz, wie du magst. Ich geb dir ein Bier aus, als Dank für deine Hilfe eben.«

Er trat durch das Tor auf den Weg, hob kurz die Hand zum Gruß und bummelte in Richtung Campingplatz weiter. Joschi sah ihm verwundert nach. Damit hatte er nicht gerechnet und er ärgerte sich ein bisschen, dass er zu verpennt gewesen war, um länger mit Cem zu sprechen. Als er an sich herabsah, bemerkte er wieder die leichte Ausbeulung in seinen Shorts. Hoffentlich hatte Cem das nicht gesehen.

»Wer war das denn?«, fragte Karin, die mit zwei Gläsern Hugo aus dem Haus kam und sich ans Fußende der Liege setzte. Sie reichte Joschi eines der Gläser, trank einen Schluck und sah ihn neugierig an. »War der nicht auch am Hafen, als du angekommen bist?«

Joschi setzte sich in den Schneidersitz und trank ebenfalls einen Schluck.

»Ich hab den vorhin zufällig am Strand getroffen.«

»Ach, ich erinnere mich: Das ist der mit dem Kite, oder? Der ist seit fünf Tagen mit ein paar Freundinnen hier und zieht eine Riesenshow auf den Wellen ab.« Karin kicherte. »Die Mädels himmeln ihn an.«

»Das kann ich mir gut vorstellen«, murmelte Joschi und spürte eine leichte Enttäuschung in sich aufsteigen.

Einen kurzen Moment lang hatte er gehofft, dass Cem nicht auf Frauen stand. Er sah Karin an und bemerkte ihren belustigten Blick.

»Was denn?«, fragte er.

»Nichts«, gab Karin zurück und grinste weiter. »Ich habe nur gerade gedacht, ob ich mit meiner Vermutung richtigliege.«

»Die da wäre?«

»Du hast mir nie von Mädchen erzählt.« Karin nippte an ihrem Hugo. »Und da habe ich mir gedacht, dass du vielleicht auf Jungs stehst.«

»Wie kommst du denn darauf?«

Karin lachte amüsiert auf.

»So, wie du dem Typen gerade nachgeguckt hast, würde das passen.«

»Und wenn's so wäre?«

»Hat er dich durcheinandergebracht?«

»Er hat mich gerade zu einer Party am Strand eingeladen. Heute Abend.«

»Und? Gehst du hin?«

»Ich bin doch gerade erst angekommen. Und wir wollten heute Abend zusammen essen.«

»Ich bin später sowieso verabredet.«

»Vielleicht lese ich auch einfach. Ich habe gerade einen ziemlich guten Roman angefangen.«

Karin schüttelte den Kopf. »Nein, du gehst zum Strand.«

»Und wenn's doof ist?«

»Dann behauptest du, die Seeluft würde dich total müde machen und verziehst dich wieder.«

Bevor Joschi Einspruch erheben konnte, richtete sich Karin auf und streckte ihm eine Hand hin. »Und jetzt wird Essen gemacht. Du bist für den Salat zuständig.«

Joschi ließ sich halb hochziehen, konnte sich aber nicht entscheiden, ob er ihrem Befehl folgen sollte.

»Aber ich wollte doch noch gemütlich in der Sonne sitzen ...«

»Nix da. Die geht gleich unter und nachher ist Party am Strand angesagt. Keine Widerrede!«

Die Strandparty

NACH DEM ABENDESSEN spülten Joschi und Karin schnell das Geschirr, und dann musste Karin auch schon los. Die Sonne stand tief am Horizont, als Joschi in langer Hose und mit einem Pullover unter dem Arm die Düne hochmarschierte und mit etwas bangem Gefühl im Bauch auf den Strand hinunterblickte. Nicht weit vom Übergang entfernt saßen ein paar Leute zusammen. Musik schallte leise zu ihm herüber. Er atmete noch einmal tief durch und stapfte dann die Düne auf der Seeseite wieder herunter. Bevor er sich weitere Gedanken darüber machen konnte, wie der Abend verlaufen würde, beschloss er, es einfach auf sich zukommen zu lassen. Karin hatte ja recht: Er konnte jederzeit gehen, wenn er keinen Bock mehr hatte.

Cem freute sich sichtlich darüber, dass Joschi zu ihnen stieß, kam ihm entgegen und klatschte ihn ab.

»Ich stelle dich meinen Freunden vor«, sagte er und zog ihn am Arm hinter sich her. »Komm mit!«

Die anderen sammelten gerade Holz, das sie zu einem Haufen für ein Lagerfeuer aufstapelten, holten Bierflaschen aus einer Kühltasche und begrüßten Joschi freundlich. Cem stellte ihm Zoe, Leonie, Aaron und Flo vor, die neugierig zu ihm herübersahen, und als Cem ihm ein Bier in die Hand drückte, stießen sie gemeinsam an. Leonie und Zoe lockten ihn zu einer der Decken im Sand, löcherten ihn mit Fragen und wunderten sich, dass sie ihm noch nie begegnet waren. Denn wie sich herausstellte, waren zumindest die beiden nicht zum ersten Mal auf der Insel. Aber sie kamen aus Norddeutschland, hatten zu anderen Zeiten Ferien gehabt und surften schon seit ihrer Kindheit. Also hatten sie kaum Überschneidungspunkte.

Immer wieder wanderte Joschis Blick zu Cem. Er saß mit Aaron und Flo zusammen und unterhielt sich. Als sich ihre Blicke einmal trafen, zwinkerte Cem ihm zu, erhob sich und kam zu ihm herüber.

»Lasst Joschi mal durchatmen«, sagte er zu Zoe und Leonie. »Der Arme ist ja gerade erst angekommen.«

Doch bevor er sich setzen konnte, wurde er von Aaron gerufen und wandte sich wieder um. In der Bewegung strich er Joschi mit der Hand über den Nacken. Es war nur eine kurze Berührung mit den Fingerspitzen, doch sie wirkte auf Joschi wie ein Stromstoß, der ihm durch den gesamten Körper schoss, sodass sich bei ihm umgehend alle Haare aufstellten und er leicht zusammenzuckte. Cem bemerkte Joschis Regung, stockte, legte seine Hand noch einmal in seinen Nacken, lächelte ihm zu und ging dann zu Aaron hinüber.

Irritiert starrte Joschi ihm nach. Was war das gerade gewesen? Verwirrt schüttelte er den Kopf, um das Gefühl wieder loszuwerden, wenn er sich auch im Grunde wünschte, dass Cem seine Hand in seinem Nacken liegengelassen hätte.

Leonie und Zoe hatten nichts davon mitbekommen und lachten gerade über einen Witz, den Flo gemacht hatte. Joschi versuchte, wieder in das Gespräch mit ihnen einzusteigen, doch er konnte den Fachsimpeleien über Boards und Segel nicht folgen.

Vier weitere Freunde stießen zu ihnen und wurden von den anderen lauthals begrüßt. Sie klatschten sich ab und einer der Neuen äußerte sich beeindruckt über Cems Kite-Künste. Sie brachten Bier mit, der Kreis wurde erweitert und irgendjemand fragte, wann sie denn endlich das Feuer anzünden würden. Cem hatte offenbar die Planung des Abends übernommen und bestimmte, dass es dazu erst vollständig dunkel sein musste.

Für einen Moment tauchte Joschi in seine Gedanken ab. Verguckte er sich gerade in diesen Typen? Dann sollte er schleunigst abhauen. Das würde ja doch nichts bringen. Aus den Erzählungen der Mädchen folgerte er, dass Cem ebenfalls in Norddeutschland wohnte, zwei Jahre älter war als er und mitten in einer Ausbildung steckte. Zur Krönung geisterte ihm Tom durch den Kopf, von dem er immer noch nichts gehört hatte. Joschi zog sein Handy aus der Hosentasche und sah sich bestätigt. Er öffnete seine Fotos und scrollte durch die Bilder, die er heute geschossen hatte. Kurzerhand schickte er Tom eines der Fotos mit einem kurzen Gruß. Er registrierte, wie die Nachricht am anderen Ende ankam und durch ein blaues Häkchen als gelesen markiert wurde. Er sah auch, dass Tom kurz online ging, aber nicht zurückschrieb. Da war offenbar nichts mehr zu machen.

»Langweilst du dich?« Cem setzte sich neben ihn und deutete mit dem Kopf auf das Handy. »Wichtig?«

»Nein, völlig egal«, sagte Joschi und steckte das Handy weg.

Cem hielt ihm eine neue Flasche Bier hin. Sie stießen an.

»Ich bin zum ersten Mal hier«, erzählte Cem. »Die Mädels haben mich überredet. Und ich muss sagen: Ich bin beeindruckt. Ist nicht ganz mit dem Atlantik zu vergleichen, aber dafür ist es viel besser erreichbar.«

Sie unterhielten sich über die Insel und Joschi erzählte, dass er schon seit Ewigkeiten hierherkam. Er klärte Cem über die Eigenheiten der Insulaner auf und erzählte, warum er so gerne bei Karin wohnte. Cem hörte ihm aufmerksam zu, lachte über die Schrullen der Inselbewohner und rückte dabei noch ein Stück näher an Joschi heran, sodass sich ihre Arme berührten. Wieder durchströmte es Joschi heiß. Kurz legte Cem ihm sogar die Hand auf den Arm und strich mit dem Zeigefinger über Joschis Haut. In dessen Hose regte sich umgehend sein Penis und er spürte ein Kribbeln im ganzen Körper. Am liebsten hätte er sich zu Cem herumgedreht und ihn geküsst. Stattdessen versuchte er, sich so zu setzen, dass die Beule in seiner Hose nicht zu erkennen war.

Ein weiterer Freund erschien am Rand der Gruppe und Cem sprang auf, um ihn zu begrüßen. Joschi nahm das alles nur verschwommen wahr, denn sein Körpergefühl war noch vollständig auf die Stelle konzentriert, an dem bis gerade Cems Zeigefinger gelegen hatte.

ERKENNTNISSE

ALS JOSCHI WIEDER zu sich kam, hörte er, dass Zoe neben ihm in ein Gespräch mit Flo vertieft war. Er wandte sich ihnen zu und lauschte ihren Spekulationen über Leonie, die sich offenbar nach einer verpatzten Beziehung gerade wieder aus ihrem Schneckenhaus wagte. Joschi ließ den Blick in die Runde schweifen und entdeckte Leonie jetzt Arm in Arm mit Cem auf der anderen Seite des Holzstapels. Die beiden unterhielten sich und lachten gemeinsam. Cem war zu allen total charmant, unterhielt sich mit drei Leuten gleichzeitig, machte Komplimente und berührte jeden, der in seine Nähe kam. Er tat das also nicht nur bei Joschi, was diesem einen kleinen Stich versetzte, weil er sich eingebildet hatte, Cem wäre nur ihm gegenüber so.

»Meinst du, Cem will was von Leonie?«, fragte Zoe den neben ihr sitzenden Flo.

Der brach spontan in Lachen aus.

»Was gibt's denn da zu lachen?«, erkundigte sich Zoe überrascht und wandte sich Joschi zu. »Die beiden sehen doch voll nice aus, oder?«

Joschi nickte verhalten.

»Cem steht auf Jungs«, sagte Flo. »Da hat Leonie keine Chance. Aber Aaron käme infrage. Der probiert gerade eine Menge aus und weiß noch nicht, wohin er tendiert.«

»Arme Leonie«, meinte Zoe. »Ich glaube, die macht sich echt Hoffnungen.« Dann wandte sie sich Joschi wieder zu. »Und was ist mit dir? Hast du 'ne Freundin oder 'nen Freund?«

Einen kurzen Moment war Joschi über die Offenheit, die ihm entgegenschlug, erschrocken. Genau wie von der Info, dass Cem auf Jungs stand. Er bekam spontan einen trockenen Mund, trank schnell einen Schluck Bier, verschluckte sich daran und musste husten. Zoe und Flo lachten.

»So schlimm war die Frage jetzt auch nicht«, rief Flo belustigt.

»Welche Frage hast du denn gestellt?«, fragte Cem, stand auf und kam auf sie zu. »Wenn die dir zu aufdringlich sind, dann kannst du sie einfach ignorieren«, sagte er zu Joschi und stellte sich hinter ihn, wobei er seine Knie an dessen Rücken drückte.

»Ich wollte bloß wissen, ob er vergeben ist, und wenn ja, ob's ein Junge oder ein Mädchen ist«, antwortete Zoe und stieß Joschi freundschaftlich in die Seite. »Aber er will das offenbar nicht erzählen.«

»Oh, das wird interessant!«, entgegnete Cem und drängte sich zwischen Joschi und Zoe. »Das will ich auch wissen.«

Plötzlich hatte Joschi den Eindruck, dass ihn alle anguckten und von ihm eine Reaktion erwarteten. Er schluckte. Doch da zwickte Cem ihn in die Seite und raunte: »Du brauchst dazu natürlich nichts zu sagen. Aber interessieren würde mich das schon.«

Joschi wandte sich ihm zu und überlegte, was er antworten sollte. Er war es nicht gewohnt, solche Dinge offen auszusprechen. Zum Glück sprang Cem schon wieder auf.

»Jetzt machen wir das Feuer an!«, rief er.

Sofort brach Betriebsamkeit aus. Die Decken wurden abgerückt, Spiritus tauchte aus einer Tasche auf und wurde über das Holz verteilt, jemand rief, dass das auch ohne ginge, Bierflaschen ploppten auf und irgendjemand riss ein Streichholz an. Das Feuer fauchte durch das trockene Holz. Wärme breitete sich vor Joschi aus und Zoes Frage blieb unbeantwortet.

Und dann saß Cem wieder neben Joschi und starrte gedankenverloren ins Feuer. Die Gespräche rundherum wurden angeregter, irgendjemand drehte die Musik etwas lauter. Der Feuerschein flackerte auf Cems Gesicht und wieder war da die Hand, die eigentlich viel zu nah an Joschis Arm war. Bislang hatten sie beide mit angezogenen Beinen nebeneinandergesessen, doch Joschi wollte den Rücken durchstrecken, daher setzte er sich in den Schneidersitz. Er hatte allerdings nicht bedacht, dass er dadurch den Kontakt zu Cems Arm verlieren würde und überlegte gerade, ob er die Beine wieder anziehen sollte, als Cem ebenfalls die Beine überkreuzte und sein linkes Knie dabei auf Joschis rechtem Knie ablegte.

»Lebst du noch bei deinen Eltern?«, fragte Cem unbefangen, als würde er die Berührung gar nicht bemerken. »Oder bist du schon ausgezogen?«

»Ich habe gerade mein Abi gemacht«, antwortete Joschi, der froh war, sich wieder auf sicherem Terrain bewegen zu können.

Und dann erzählte er von seinen Plänen, zum Studium in die Stadt zu ziehen. Cem berichtete von seiner Ausbildung und der eigenen Wohnung.

»Ich kann da halt machen, was ich will«, sagte er. »Kriegt keiner mit. Das ist echt cool.« Er sah Joschi verschmitzt an.

Joschis Gedanken wirbelten durcheinander. Baggerte Cem ihn an? Vorsichtig stützte er die Hände neben sich auf die Decke. Damit kam er Cem ein bisschen näher, wobei er nicht genau wusste, ob das wirklich gut war.

»Ich hab hier auch mein eigenes Zelt dabei. Die Mädels wollen natürlich zusammen in einem großen Zelt pennen, aber ich mag ein bisschen mehr Privatsphäre.«

Cem stützte seine Hände neben sich ab und legte die linke dabei wie zufällig genau auf Joschis Hand, nahm sie aber auch nicht wieder weg. Als Joschi zur Seite blickte, meinte er, Cems Penis die dünne Stoffhose ausbeulen zu sehen. Die anderen konnten genau sehen, wie nahe sie gerade beieinandersaßen. Joschi brauchte dringend Abstand. Er hob den Blick und sah Aaron von der anderen Seite des Feuers herüberstarren. Doch Cem zog schon wieder Joschis Aufmerksamkeit auf sich und die nächsten Stunden verstrichen, ohne dass Cem von seiner Seite wich.

BADEN

GEGEN MITTERNACHT RIEF Aaron plötzlich: »Lasst uns ins Wasser gehen!«

Jubel brach aus und die anderen sprangen auf. Selbst Cem erhob sich und zog Joschi an der Hand mit sich nach oben.

»Ich habe keinen Badeanzug dabei«, rief Leonie, doch sie erntete damit nur Lachen.

»Stell dich nicht so an!«, entgegnete Zoe und zog sich die Hose aus. »Es ist schließlich dunkel.«

Einige in der Runde zögerten, und auch Joschi war sich nicht sicher, ob er bereit dazu war, nackt ins Meer zu laufen. Cem zog sich schon das T-Shirt über den Kopf, als er Joschis Unschlüssigkeit bemerkte.

»Keinen Bock?«, fragte er, während auch seine Hose in den Sand rutschte.

»Ich kenne euch irgendwie noch nicht gut genug«, raunte Joschi.

»Das ist doch völlig egal. Komm einfach mit!«

Und schon schlüpfte Cem aus seiner Unterhose und rief seinen Freunden, die in Richtung Meer stürmten, hinterher: »He, wartet!«

Er lief ein paar Schritte, doch dann stoppte er und wandte sich zu Joschi um.

»Komm! Das macht Spaß! Und ich passe auf dich auf!«

Joschi zögerte noch einen Moment. Die anderen hatten sich jetzt alle ausgezogen und stürmten über den dunklen Strand. Cem stand ein paar Meter von ihm entfernt und schien hin- und hergerissen zu sein, ob er ihnen folgen oder auf Joschi warten sollte. Weil der ihn nicht vor die Wahl stellen wollte, was er tun sollte, zerrte Joschi sich also auch entschlossen das T-Shirt über den Kopf, stieg aus Jeans und Boxershorts und trabte auf Cem zu. Der streckte die Hand aus. Joschi stockte kurz, doch dann griff er nach Cems Hand und ließ sich von ihm mitziehen. Schon die Berührung der Finger löste einen neuen Schauer in ihm aus. Der Griff war selbstsicher und fest. Und mit leichtem Schrecken registrierte Joschi, dass er im Laufen einen Steifen kriegte. Oh Gott! Zum Glück war es dunkel.

Die Flut war wieder auf ihrem Höhepunkt angelangt und die anderen hatten sich schon in die Wellen gestürzt. Sie kreischten vor Vergnügen. Und als Joschi von Cem ins eiskalte Wasser gezogen wurde, blieb ihm für eine Sekunde die Luft weg. Immerhin hatte die Kälte eine sofortige Wirkung auf die unbemerkt gebliebene Erektion und ihm zog sich schlagartig alles zusammen. Er schmeckte das salzige Wasser und spürte den Sog, den die Wellen auslösten. Bis zur Hüfte ging er ins Meer und bekam dabei immer wieder Wasser ins Gesicht, weil die anderen wie Wahnsinnige herumsprangen. Cem beteiligte sich natürlich ausgiebig an dem Tumult.

Um nicht völlig durchzufrieren, sprang Joschi ebenfalls auf und ab, schlug mit den Händen auf die Wasseroberfläche, bespritzte Cem und die anderen. Die Kälte biss auf seiner Haut, zwischen seinen Füßen spürte er den Sand, und er fühlte sich wunderbar.

Und dann stürzte sich Cem auf ihn. Er packte ihn von der Seite, umfing ihn mit seinen Armen und riss ihn mit sich ins Wasser. Die Kälte schlug über Joschis Kopf zusammen und gleichzeitig waren Cems Hände, Cems Körper, Cems Gesicht überall. Joschi hatte sich lange nicht mehr so lebendig gefühlt. Er stemmte sich gegen Cem und drückte ihn seinerseits unter Wasser, legte seine Arme um den fremden Körper und berührte dabei so viel Haut wie möglich.

Nach einer Weile lagen sie erschöpft im flachen Wasser, während die anderen wieder aus den Wellen stiegen und schlotternd zum Feuer liefen.

»Sollen wir auch zurück?«, fragte Cem und sah Joschi in die Augen.

»Unbedingt!«, entgegnete Joschi. »Sonst erfriere ich.«

»Das will ich auf keinen Fall riskieren!«, sagte Cem bestimmt, sprang auf und zog Joschi aus dem Wasser.

So schnell sie konnten, rannten sie zum Lagerfeuer zurück, das Wärme versprach. Mit einem der Strandtücher trockneten sie sich ab, schlüpften in ihre Klamotten und krochen dann unter das Badetuch. Einer der Jungs schürte das Feuer und sie saßen in einem engen Kreis um die Wärmequelle herum. Auch die anderen waren so durchgefroren, dass sie sich alle dicht aneinanderdrängten. Cem drückte sich eng an Joschi, auf dessen anderer Seite hockte Zoe und zitterte spürbar.

Joschi merkte verwundert, wie wohl er sich fühlte. Dabei hatte er gar nicht kommen wollen. Sie lachten, kuschelten sich aneinander und teilten sich die Decken und Tücher. Unter dem Badetuch spürte Joschi Cems Körper. Da war die Wärme von Cems Haut, der Sand zwischen ihren Fingern und das Glücksgefühl, das aus seinem tiefsten Inneren aufstieg. Er verschränkte seine Finger mit Cems und war glücklich. Nur einmal bemerkte er den skeptischen Blick von Aaron, der auf der

anderen Seite des Feuers saß und zu ihnen herüber-
starrte. Joschi beschloss, ihn zu ignorieren.

Nach und nach verabschiedeten sich die Freunde.
Aber Joschi hielt Cem zurück, als der sich hochdrückte.
Er wollte ihn nicht so einfach gehenlassen. Zugleich
machte ihn der Gedanke nervös, mit Cem allein zu sein.
Kurz darauf kraxelten die letzten von Cems Freunden
im schalen Licht die Dünen hinauf, eine Weile konnten
sie sie noch lachen hören, dann war es still und Joschi
war mit Cem allein. Das Feuer war fast vollständig her-
untergebrannt und verströmte immer weniger Wärme.

Gerade als Joschi dachte, dass er irgendwas tun sollte, näherte Cem sich ihm behutsam und küsste ihn. Joschi war überrascht, doch dann ließ er sich auf den Kuss
ein. Er spürte Cems Zunge an seinen Lippen, öffnete
seinen Mund, nahm die Zunge vorsichtig auf und tastete mit seiner eigenen über Cems Mund. Er schmeckte
das Salz auf Cems Lippen, das Bier, er roch die Sonne
des Frühlings, die Cems Haut ausstrahlte. Sie ließen
ihre Zungen sacht den Mund des anderen erforschen.
Joschi bemerkte Cems Hand auf seinem Bein, die sich
langsam in Richtung Hüfte hochtastete. Er hatte längst
eine Erektion.

Sie küssten sich lange und nach einer Weile ließen sie
sich rücklings in den weichen Sand fallen. Joschi erkun-
dete Cems Körper durch den Stoff der Kleidung. Die
Oberschenkel, den Hintern, den Rücken. Cem schob
ihm schließlich eine Hand unter das T-Shirt und strich
sanft über Joschis Rücken. Sie pressten ihre Hüften aneinander und Joschi bemerkte Cems steifen Schwanz
durch die Stoffschichten.

Als immer mehr Sand unter die T-Shirts und in ihre
Hosen eindrang und Joschi vor allem merkte, dass er

seine Lust nicht mehr lange zügeln konnte, zog er sich ein bisschen zurück.

»Was ist los?«, flüsterte Cem und sah ihm in die Augen.

»Ich habe überall Sand in der Hose«, entgegnete Joschi und lachte leise.

»Sollen wir gehen?«

Joschi nickte.

Sie richteten sich auf, schüttelten den Strand aus den Klamotten, suchten ihre Sachen zusammen und Cem klemmte sich das Handtuch und die Decke unter den Arm.

»Sollen wir aufräumen?«, fragte Joschi. Er wollte Zeit gewinnen.

Das Feuer schwelte nur noch und im Sand lagen leere Bierflaschen verstreut.

»Das machen wir morgen, wenn es hell ist.«

Cem streckte ihm die Hand entgegen und zog ihn hinter sich her zur Düne. Sie kletterten über den rutschigen Sand bis ganz nach oben und blieben dort stehen. Joschi wandte sich um, weil er noch einen Blick auf das Meer werfen wollte. Die Flut war zurückgekehrt und über ihnen breitete sich der Sternenhimmel aus. Der Mond leuchtete schmal zwischen den Sternen und glitzerte zugleich auf dem Wasser. Cem umfing Joschi von hinten, hielt ihn fest und legte sein Kinn auf Joschis Schulter. Wortlos sahen sie auf das Meer. In der Ferne blinkte in regelmäßigen Abständen ein Leuchtturm. Dann machten sie sich an den Abstieg von der Düne.

DER ZELTPLATZ

DER UNTERGRUND WURDE fester, je weiter sie sich vom Kamm der Düne entfernten. Cem griff wieder nach Joschis Hand und sie schlenderten über den Weg auf die Häuser des Ostdorfes zu. Als sie Joschis Unterkunft erreichten, zog Cem ihn einfach daran vorbei, weiter in Richtung Osten, auf den Campingplatz zu. Joschi spürte die Unruhe in seinem Bauch. Er war kurz davor, stehen zu bleiben und sich zu verabschieden. Cem bemerkte sein Zögern.

»Willst du lieber in dein eigenes Bett?«, fragte er leise.

»Was willst du denn?«

Cem lächelte und zog ihn weiter.

»Komm! Ich zeig dir mein Zelt.«

Also gingen sie weiter, zwischen den verstreut liegenden Häusern hindurch, ließen die Siedlung hinter sich, wanderten unter dem Sternenhimmel über den befestigten Weg und erreichten bald den Zugang zum Zeltplatz.

Die Zelte waren locker zwischen Büschen und Bodensenken verteilt. Niemand schien mehr wach zu sein, zumindest hörte Joschi außer ein paar nachtaktiven Vögeln und dem Wind nichts. Cem führte ihn bis ans Ende des Campingplatzes, wo vier Zelte etwas enger beieinanderstanden.

»Das da ist meins«, flüsterte er und hockte sich hin, um leise den Reißverschluss aufzuziehen.

Er schlug die Plane zur Seite und blickte fragend zu Joschi hoch. Der zögerte. Sein Puls raste. Sollte er jetzt einfach da reinkriechen? Was würden sie dann machen? Schon bei der Frage regte sich sein Penis in seiner Hose. Schnell schob er alle Zweifel zur Seite. Er war hier und er beschloss, den Augenblick zu nehmen, wie er war. Also bückte er sich und kroch in die schummrige Höhle. Er streifte seine Schuhe ab und zog die Beine hinter sich her. Cem folgte ihm und schloss den Reißverschluss.

Joschi konnte in der Dunkelheit nicht viel erkennen. Unter sich ertastete er eine Isomatte und einen Schlafsack, der nach Cem roch. An der Zeltwand erahnte er Wäsche, Plastikflaschen und anderen Kram.

»Soll ich Licht anmachen?«, fragte Cem.

Aber Joschi wollte lieber die Schemen sehen, wollte dem, was gleich geschehen würde, nicht zu klar entgegenblicken. Daher schüttelte er den Kopf und sagte: »Nicht nötig.«

Cem breitete den Schlafsack aus und legte die Decke vom Strand daneben. Dann sah er Joschi an. Der war für einen kurzen Moment ratlos, was er jetzt tun sollte. Doch dann knöpfte er seine Hose auf und kämpfte sich aus ihr heraus. Er zog sich den Pullover über den Kopf und kroch in Boxershorts und T-Shirt unter die Decke. Cem folgte ihm. Und dann küssten sie sich wieder.

Vorsichtig setzten sie die Erkundungen des anderen Körpers fort. Sie pressten sich an den Hüften aneinander und Joschi meinte einen schwachen Geruch von unbekannten Kräutern, von Schweiß und Sonne einzufangen. Als Cem die Haut unter Joschis T-Shirt streichelte, hielt er für eine Sekunde den Atem an. Cems Hände waren so weich, sie waren kräftig und vor allem schienen sie überall zugleich zu sein. Sie tauchten in Joschis Shorts ein und ertasteten jeden Millimeter seines Hinterns.

Kurzerhand streifte Joschi sich die Shorts von den Hüften. Sein Schwanz freute sich spürbar über die Freiheit. Cem sah Joschi lächelnd an und küsste ihn lange. Einen Moment später lagen sie beide splitternackt nebeneinander. Sie strichen sich gegenseitig über die Arme, die Beine, über Rücken und Hintern, und auf Joschis Haut scheuerte der Sand, den er nicht vollständig hatte loswerden können. Sanft nahm Cem Joschis Erektion in die Hand. Er schob die Vorhaut zurück und rieb vorsichtig über die empfindliche Eichel. Die Lust strömte von Joschis Schwanz über den Rücken durch seinen gesamten Körper, ließ ihn zusammenzucken und leise keuchen.

Zaghaft strecke Joschi jetzt auch seine Hand aus und tastete nach Cems Schwanz. Er war beschnitten, die Eichel lag frei. Noch nie zuvor hatte Joschi den Schwanz eines anderen in den Händen gehalten. Und dieser fühlte sich heiß, fest und ziemlich groß an, er pulsierte in seiner Hand. Jetzt war es Cem, der wohlig stöhnte. Joschi umfasste Cems Penis und bewegte seine Hand langsam auf und ab. Cem tat das Gleiche mit Joschis Schwanz. Immer wieder küssten sie sich. Schließlich zog Cem seine Hand zurück, Joschi umarmte den trainierten Körper neben sich, drückte ihn fest an sich und schlang ein Bein um ihn. Cem atmete schwer in Joschis Ohr und bei jeder Berührung der Lippen durchlief Joschi ein Schauer. Sie pressten ihre Hüften und ihre Schwänze gegeneinander und bewegten sich rhythmisch.

»Ich komme gleich«, hauchte Cem Joschi ins Ohr. Wieder dieser Schauer.

»Ich auch«, sagte Joschi.

Und dann kam er auch schon. Wie eine Eruption durchströmte ihn der Orgasmus, er spürte das Sperma aus seinem Penis spritzen und presste sich noch enger an Cem. Seine Synapsen explodierten, seine Erektion bebte und schoss Strahl um Strahl in die Enge zwischen ihren Körpern. Und auch Cems Körper spannte sich. . Er japste, seine Muskeln verkrampften, das Sperma ergoss sich warm auf Joschis Bauch. Sie hielten sich fest umschlungen. Joschi spürte Cems weiche Haut, er roch den Samen, fühlte die klebrige Feuchte zwischen ihnen. Er erbebte wieder und wieder und fühlte auch Cem in seiner festen Umarmung erzittern.

Dann war es vorbei. Eine angenehme Leere breitete sich in Joschi aus. Seine Muskeln entspannten sich. Cems Gesicht erschien vor seinen Augen und sie schoben noch einmal ihre Zungen zu einem langen Kuss ineinander. Sie hielten sich fest, spürten den kleinen Zuckungen nach, die immer wieder ihre Körper durchströmten. Sie lagen voreinander und nach einer Weile bemerkte Joschi, dass Cem ihn ansah. Seine Augen strahlten und er grinste breit.

»Das war toll«, flüsterte Cem.

»So schön habe ich mir das nicht vorgestellt«, antwortete Joschi und lächelte ebenfalls.

Cem zog sein Gesicht ein paar Zentimeter zurück und betrachtete Joschi erstaunt.

»Dein erstes Mal?«

Joschi nickte. »Irgendwie schon.«

»Irgendwie?«

»Ja, irgendwie.«

»Dann freut es mich noch mehr, dass es gut für dich war«, sagte Cem leise und küsste ihn erneut.

Dann bat er Joschi, sich umzudrehen, schmiegte sich mit seinem Bauch an dessen Rücken, zog die Decke über sie beide und legte einen Arm um ihn.

»Dann schlaf gut, schöner Mann«, hauchte Cem ihm ins Ohr, was sofort wieder leichte Schauer durch Joschis Körper jagte. Er spürte Cems Hand auf seinem Bauch, die sanft über seine Haut strich, dabei das Sperma verrieb und sich schließlich zu seinem Schwanz herabtastete, der schon wieder steif wurde, und ihn sanft umfing. Cems Penis erwachte ebenfalls zu neuem Leben, schob sich zwischen Joschis Beine und stieß von hinten gegen seine Eier.

Joschi war zu schläfrig, als dass er noch viel tun oder sich auch nur gegen das, was Cem mit ihm tat, wehren konnte. Er wollte sich auch gar nicht wehren, denn die warme Hand an seinem Schwanz war viel zu schön und der steife Pimmel zwischen seinen Beinen sowieso. Cem bewegte seine Hand vorsichtig auf und ab, rieb die empfindliche Eichel, strich über den Schaft, und Joschi genoss jede dieser Berührungen. Mit der Hüfte drückte Cem seinen eigenen Schwanz immer wieder glitschig zwischen Joschis Beine, machte aber keine Anstalten, weiter zu gehen, was Joschi für einen kurzen Moment befürchtete. Doch als er merkte, dass er sich auf Cem verlassen konnte, gab er sich völlig seinen Gefühlen hin. Cems Bewegungen mit der Hüfte wurden allmählich schneller und fordernder, während er Joschis Schwanz fester umklammerte und rieb.

Diesmal war es Cem, der vor Joschi kam. Er zuckte einmal, stöhnte rau, schoss seinen Samen zwischen Joschis Beine, zuckte erneut und bewegte seine Erektion weiter in der immer glitschiger werdenden Enge, ohne jedoch die Bewegungen mit der Hand zu stoppen, sodass auch Joschi mit einem geräuschlosen Beben erneut kam.

Zurück blieb eine tiefe Ruhe, die allmählich in eine wohlige Schläfrigkeit überging. Noch nie war Joschi so entspannt in den Schlaf getaumelt, während er weiterhin Cems Hand an seinem Schwanz spürte.

DER TAG DANACH

»HE, CEM! AUFWACHEN!«, rief eine gedämpfte Stimme.

Joschi schlug die Augen auf. Er lag in Cems Zelt. Hinter ihm schmiegte sich ein warmer Köper an seinen Rücken. Durch die Zeltwand drang Helligkeit zu ihm vor. Und dann fiel Joschi ein, was diese Nacht passiert war.

»Ich habe Brötchen besorgt und der Kaffee ist gleich fertig.«

Die Stimme kam vom Eingang des Zeltes. Joschi hatte sie schon mal gehört, konnte sie jedoch nicht eindeutig zuordnen. Einer von Cems Freunden.

Jemand machte sich am Reißverschluss des Zeltes zu schaffen. Cem schien allmählich aus der Tiefe seines Schlafes aufzutauchen, bewegte sich ein wenig hin und her, drückte sich gegen Joschi und strich mit seiner Hand über dessen Brust. Joschi spürte die Morgenlatte, die von hinten gegen seine Beine drückte und bemerkte, dass es bei ihm ähnlich war.

Der Reißverschluss des Zeltes wurde mit einer schnellen Bewegung hochgezogen und Joschi schloss die Augen, als könne er sich dadurch verstecken.

»He, Cem, steh endlich ...!« Die Stimme brach mitten im Satz ab. »Oh!«

Cem stöhnte genervt und richtete sich hinter Joschi halb auf.

»Was ist denn los?«, grummelte er. »Lass uns doch einfach noch pennen.«

»Ich dachte, du bist allein«, sagte die Stimme, die Joschi jetzt als die von Aaron erkannte. »Tut mir leid.«

Der Reißverschluss ging wieder zu. Cem seufzte, beugte sich dann jedoch über Joschi und gab ihm einen Kuss auf den Hals.

»Guten Morgen, schöner Mann«, murmelte er. »Sie sind ja immer noch hier.«

»Morgen«, sagte Joschi und schlug die Augen wieder auf.

»Soll ich uns mal Kaffee holen?«

»Hmmm«, stimmte Joschi zu.

Er drehte sich auf den Rücken und über ihm schwebte Cems Gesicht. Die Augen strahlten ihn freundlich, aber noch sehr verschlafen an. Die Lippen gaben ihm noch einen so intensiven Kuss auf den Mund, dass sein Penis schlagartig hellwach wurde. Cem bemerkte die Bewegung und legte seine Hand auf die Decke, unter der Joschis Geschlecht verborgen war, und lachte leise.

»Später. Okay?«

Joschi nickte.

Kurz darauf kroch Cem in Boxershorts aus dem Zelt und Joschi konnte durch den Eingang sehen, dass die Sonne schien. Vor dem Zelt unterhielt Cem sich mit Aaron, aber sie sprachen zu leise, als dass Joschi Details hören konnte. Er bemerkte allerdings einen leicht aggressiven Ton in Aarons Stimme, während Cem offenbar versuchte, ihn zu beruhigen. Joschi richtete sich auf, um genauer zuhören zu können, doch Cem kam schon wieder ins Zelt gekrochen und zog den Reißverschluss hinter sich zu. Er reichte Joschi eine dampfende Tasse und krabbelte unter die Decke.

»Was war denn los?«, erkundigte sich Joschi.

»Ach, nichts. Aaron ist manchmal ein bisschen anstrengend.«

Cems Stimme verriet, dass da durchaus Ärger im Busch war. Aber Joschi hoffte inständig, dass er damit nichts zu tun hatte. Wenn die beiden Freunde Zoff wegen irgendwas hatten, dann konnte er das nicht ändern. Er schlürfte seinen Kaffee, wurde langsam wacher und sah sich genauer im Zelt um.

Cem war ein totaler Chaot. In seinem Zelt lag alles durcheinander. Saubere und dreckige Wäsche, Schuhe, Bücher, die Duschsachen, sein Handy samt Kabel, Wasserflaschen, ein Fotoapparat, eine halb volle Flasche Whiskey. Aber ihm schien das nichts auszumachen.

Als sie den Kaffee getrunken hatten, kuschelten sie sich noch einmal aneinander. Schon reckte sich Joschis Penis wieder in die Höhe, und als er sich mit seinem Bauch an Cems Rücken drückte und ihn umarmte, bekam er auch dessen steife Latte in die Hand. Er lächelte. Noch nie hatte er so was erlebt. Bislang hatte Sex mit einem anderen Jungen nur in seiner Fantasie stattgefunden. Einmal – vor ein paar Tagen mit Tom – hatte er sich ein wenig weiter aus seinem Schneckenhaus gewagt. Mit mäßigem Erfolg. Doch die Vorstellung, nach dem Sex mit einem Typen aufzuwachen und dann noch weiterzukuscheln – das überstieg seine bisherigen Träume. Er bewegte den Daumen über Cems Eichel und fühlte einen Tropfen austreten, den er glitschig unter seinem Finger verrieb. Cems Atem wurde etwas flacher und Joschi hatte Lust, mehr über ihn herauszufinden.

»Wollt ihr den ganzen Tag in diesem Zelt bleiben?«, rief Aaron in diesem Moment.

Joschi hatte den Eindruck, dass Cems Kumpel direkt von dem Zelteingang stand. Cem stöhnte und zog sich die Decke über den Kopf. Und Joschi fragte sich, ob er einfach weitermachen oder lieber abwarten sollte, wie Cem auf Aaron reagierte. Vielleicht verzog der sich auch einfach. Doch er schien auf eine Antwort von Cem zu bestehen.

»Ich dachte, du wolltest heute aufs Wasser«, maulte er von draußen. »Die anderen sind längst am Strand und ich wollte dir zeigen, wie du gegen den Wind jumpen kannst.«

Jetzt richtete sich Cem auf und rief: »Ach, Scheiße, Aaron! Das können wir auch morgen machen.«

»Das ist mal wieder typisch für dich!«, fluchte Aaron. »Kaum hast du einen neuen Stecher in der Kiste, schon lässt du deine Freunde im Stich. Du bist echt ein Idiot!«

Die Worte bohrten sich in Joschis Bauch wie ein glühendes Schwert. War er einfach nur einer von vielen, mit denen sich Cem vergnügte?

Der war jetzt stinksauer, schlug die Decke weg, kroch aus dem Zelt und fauchte Aaron an.

»Fahr zur Hölle, Aaron!«, schimpfte er. »Du glaubst doch nicht allen Ernstes, dass du ein Besitzrecht auf mich hast?«

»Du kannst ficken, wen du willst!«, fauchte Aaron zurück. »Aber erwarte nicht von mir, dass ich dich wieder tröste, wenn der Kleine sich verpisst und morgen nichts mehr von dir wissen will.«

»Der Kleine hat einen Namen und er wird sich ganz bestimmt nicht einfach verpissen. Anders als du weiß der nämlich ziemlich gut, was er will.«

Atemlos lauschte Joschi dem Streit. Wusste er, was er wollte?

»Na, dann fick ihn doch, solange du willst. Spätestens in drei Tagen hast du sowieso das Interesse an ihm verloren und kriechst wieder in meinen Schlafsack.«

Joschi richtete sich auf. Der Abend gestern, die vergangene Nacht – für ihn war das etwas Besonderes gewesen, das sich mit einem Mal fies anfühlte.

»Nur weil ich einmal mit dir rumgemacht habe, brauchst du dich hier nicht aufzuführen wie ein eifersüchtiger Vollidiot«, zischte Cem. »Verpiss dich einfach, steig auf dein bescheuertes Board und mach deine Sprünge gegen den Wind! Ich schaffe das auch alleine!«

»Fick dich!«, schrie Aaron.

Joschi hörte ihn davonstürmen, während Cem wieder ins Zelt gekrochen kam. Cem stockte, als er Joschis entgeisterten Gesichtsausdruck bemerkte, bewegte sich dann auf ihn zu und wollte etwas sagen. Aber Joschi fiel ihm ins Wort:

»Warum hast du mir nichts davon gesagt?«

»Wovon?«

»Läuft was zwischen Aaron und dir?«

Cem stöhnte genervt. »Du hast ja vermutlich gehört, dass wir uns bestens verstehen.«

»Schläfst du mit ihm?«

Joschi kam sich völlig idiotisch vor. Hatte er wirklich geglaubt, dass ein cooler Typ wie Cem sich auf jemanden wie ihn einlassen würde? Einen, der noch nie auf einem Kite-Board gestanden hatte? Der aus der Provinz kam und zwei Jahre jünger war?

»Joschi«, unterbracht Cem die chaotischen Gedanken, »ich habe nicht behauptet, dass ich noch nie was mit einem anderen Typen hatte.«

»Aber Aaron ist was anderes!«, schnaubte Joschi aufgebracht. »Er war gestern den ganzen Abend dabei. Er hat uns beobachtet!«

»Ja, und?«, entgegnete Cem. »Dann hat er uns gestern eben gesehen. Und heute Morgen auch. Ist das so wild?«

»Also: Hast du was mit Aaron?«

»Da ist nichts«, beteuerte Cem. »Nicht mehr.«

»Dann war da also mal was zwischen euch?«

Cem verdrehte die Augen. »Ja, da war mal was.«

»Wann?«

»Warum willst du das wissen? Ändert das irgendwas?«

»Wann?«

»Oh Mann, Joschi. Du kannst mir glauben, da ist nichts mehr!«

»Wann?«

Cem seufzte. »Letzte Woche nach einer Strandparty.«

»Ihr seid doch erst ein paar Tage hier.«

»Okay. Vor drei Tagen.«

Joschi sackte das Herz in die Hose.

»Hier oder bei ihm?«

»Ist das wichtig?«

»Keine Ahnung«, sagte Joschi frustriert. »Vielleicht.«

»Hier.«

Joschi richtete sich noch ein wenig weiter auf. Plötzlich war es ihm unangenehm, nackt zu sein. Er suchte seine Klamotten zusammen und zog sich an.

»Was willst du jetzt machen?«, fragte Cem mit besorgter Miene.

»Weiß noch nicht«, murmelte Joschi und schnürte die Schuhe zu. »Nachdenken.«

Cem kroch auf ihn zu und versuchte, ihn zu umarmen. Doch Joschi war nicht nach Nähe. Schnell schob er sich aus dem Eingang in die Sonne.

»Haust du einfach ab?«, fragte Cem.

»Du hättest mir das sagen müssen!«, antwortete Joschi.

»Wieso?«, entgegnete Cem. »Das war doch, bevor wir uns getroffen haben. Ich wusste noch gar nicht, dass es dich gibt. Außerdem war ich an dem Abend besoffen. Aaron auch. Wir haben halt aneinander rumgespielt. Das ist alles. Eigentlich sind wir nur Freunde.«

»Trotzdem!«

»Was hätte das geändert?«, erkundigte sich Cem. »Wärst du dann nicht mit mir ins Zelt gekrochen? Hättest du mich nicht küssen wollen?«

Joschi wandte sich ab, doch Cem sprang ihm nach und hielt ihn fest.

»Joschi, warte!« Er drehte ihn zu sich um. »Ich verstehe, dass du sauer bist. Aber ich will auch, dass du weißt, dass du nicht einfach nur irgendjemand für mich bist.«

Joschi starrte Cem an. Er bemerkte zum ersten Mal, dass er dunkelbraune, fast schwarze Augen hatte. Und er spürte tief in sich, dass er sich in diese Augen und den Typen, dem sie gehörten, verknallt hatte. Aus seinem Bauch wühlte sich Traurigkeit nach oben und der Hals schnürte sich ihm zu.

»Joschi!«, flüsterte Cem und versuchte erneut, ihn in den Arm zu nehmen.

Doch der schüttelte den Kopf, drehte sich um und trabte vom Campingplatz. Diesmal ließ Cem ihn gehen.

ERNÜCHTERUNG

DEN REST DES Nachmittags verbrachte Joschi in seinem Zimmer. Karin kam einmal rein und fragte ihn, wie der Abend am Strand war, und wollte augenzwinkernd wissen, wo er die Nacht verbracht hatte. Doch Joschi antwortete ausweichend. Er wollte Karin nicht erzählen, was er erlebt hatte und wie es ihm ging. Und sie ließ ihn in Ruhe.

Joschi verkroch sich unter seiner Bettdecke und schloss die Welt aus. Immer wieder geisterten ihm die Erinnerungen an die vergangene Nacht durch den Kopf. Er roch Cem noch an seinem T-Shirt und spürte seine Hände auf seinem Körper. Irgendwann ertrug er das alles nicht mehr und ging unter die Dusche. Das heiße Wasser spülte die Gerüche fort, befreite ihn von dem Sand, der noch auf seinem Körper klebte, und ließ ihn schließlich auch etwas befreiter denken. Danach war er in der Lage, sich mit einem Buch in den Garten zu setzen und ein paar Sonnenstrahlen auf seine Haut scheinen zu lassen. Und als er sich nicht mehr so verletzlich fühlte, legte er sein Buch zur Seite und stapfte die Düne hinauf, um am Meer spazieren zu gehen.

Auf dem Wasser waren wieder einige Kitesurfer unterwegs. Aber Joschi konnte die Lenkdrachen nicht unterscheiden und die Surfer waren zu weit weg, als dass er einen von ihnen erkennen konnte. Wehmütig sah er ihnen nach und fragte sich, wie es Cem wohl ging. Gestern hatte er so selbstsicher gewirkt. Bei ihrem bescheuerten Abschied heute Mittag war sich Joschi dann aber nicht mehr so sicher gewesen, ob Cem ihm etwas vorgemacht hatte. Und was wollte er selbst? Hatte er sich wirklich verknallt? Oder sollte er Cem lieber vergessen?

Joschi schlenderte am Ufer entlang. Nur wenige der Strandkörbe waren besetzt. Er bückte sich nach ein paar Muscheln und steckte sie ein. Ein Jogger mit einem Hund überholte ihn und das Tier tänzelte eine Runde um ihn herum. Für einen Moment kehrte die Leichtigkeit wieder in Joschis Herz ein. Er drehte an der befestigten Uferanlage des Westdorfes um und ging zurück. Die Sonne stand schon wieder tief und warf lange Schatten über den Strand, von dem sich das Wasser noch weiter zurückgezogen hatte, seit Joschi losgegangen war. Den Abend wollte er mit Karin verbringen. Vielleicht würden sie wieder zusammen kochen und danach in ihrem Garten noch was trinken. Außerdem wollte er früh ins Bett gehen, um nicht zu viel zu grübeln.

Joschi hatte nicht bemerkt, dass er schon wieder das Areal erreicht hatte, wo die Kitesurfer ihre Utensilien verstauten. Plötzlich bemerkte er, dass er beobachtet wurde. Er hob den Blick, den er in den letzten Minuten ausschließlich auf den feuchten Sand geheftet hatte, und stand Aaron gegenüber. Joschi blieb überrascht stehen. Aaron schälte sich gerade aus seinem Neoprenanzug und starrte Joschi an. Neben ihm stiegen auch Zoe und Leonie aus ihren Anzügen. Die Drachen hatten sie zusammengefaltet und die Boards lagen neben ihnen im Sand.

»Das kleine Flittchen«, zischte Aaron ihm zu.

»Lass ihn doch!«, mischte sich Leonie ein.

»Hältst du für jeden deinen Arsch hin?«, fragte Aaron.

Joschi war erschüttert. Wie kam Aaron darauf, so mit ihm zu sprechen?

»Aaron, hör auf!«, sagte jetzt auch Zoe.

»Warum denn?«, fragte der. »Wenn's doch stimmt?«

Joschi starrte ihn nur sprachlos an.

In diesem Moment kam Cem auf sie zugerannt. Er hatte seinen Anzug ausgezogen und das Board und den Schirm offenbar auch schon verstaut, sich aber noch nicht wieder angezogen, sodass er nur Badeshorts trug. Joschi erinnerte sich sofort an jede Stelle von Cems Körper, die er letzte Nacht berührt hatte.

»He, was macht ihr da?«, rief Cem.

Aaron wandte sich zu ihm um. »Wir unterhalten uns bloß.«

»Lass Joschi in Ruhe«, bat Cem und trat auf diesen zu.

Doch Joschi wollte immer noch nicht von ihm angefasst werden. Das fühlte sich einfach nicht richtig an.

»Hat er dich beleidigt?«, fragte Cem.

Joschi war unschlüssig, was er sagen sollte, schüttelte den Kopf und wandte sich ab. Er wollte jetzt einfach nur noch zu Karins Haus zurück und sich wieder in seinem Bett verkriechen. Er ging mit zügigen Schritten von den anderen weg.

»Du bist so ein Idiot«, zischte Cem Aaron zu und eilte Joschi nach. »Joschi, warte! Ich will mit dir reden.«

Joschi ging weiter, doch Cem erreichte ihn mit ein paar Schritten und stapfte neben ihm her. Eine Weile sagte keiner von ihnen etwas. Joschi war das ganz recht. Er wusste sowieso nicht, was er sagen sollte. Er spürte bloß, dass es ihm das Herz zerriss. Er wollte nichts so sehr, wie Cem noch einmal berühren. Und doch war er sich nicht sicher, ob das richtig war. Er kannte Cem ja gar nicht. Sie hatten nur einen Abend und eine Nacht miteinander verbracht. Mehr nicht.

»Joschi«, setzte Cem schließlich an, »ich bin schon so lange mit Aaron befreundet. Ich will ihn nicht als Freund verlieren.«

Joschi blieb abrupt stehen. Das war es also. Cem und Aaron. Cem stoppte ebenfalls und drehte sich zu ihm herum.

»Das heißt also, du bist mit ihm zusammen?«, fragte Joschi.

»Nein. Ich will dir nur erklären, was los ist.«

»Hör mal«, fauchte Joschi ihn an, »wir hatten eine tolle Nacht. Für mich war das wirklich etwas Besonderes. Und ich will mir das nicht kaputtmachen lassen.«

»Das habe ich auch gar nicht vor.«

»Du tust es aber gerade.«

»Dann sag mir, was ich anders machen soll?«

Wenn Joschi das bloß wüsste? Was erwartete er denn von Cem?

»Was war das letzte Nacht für dich?«, fragte er. »Ein One-Night-Stand?«

»Nein. Für mich war das auch besonders.«

»Und das mit Aaron?«

»Das spielt keine Rolle.«

»Für dich vielleicht nicht. Aber für mich.«

»Du kannst mir doch nicht vorhalten, dass ich schon gelebt habe, bevor ich dich getroffen habe!«

Damit hatte Cem natürlich recht. Aber Joschi fühlte sich dennoch betrogen. Dabei wusste er gar nicht so richtig, was Cem hätte anders machen können. Entmutigt ließ er die Arme hängen. Vorsichtig trat Cem an ihn heran und legte ihm die Hände an die Schultern.

»Joschi, ich will dich nicht verletzen. Aber ich kann mich auch nicht einfach von meinem besten Freund lossagen.«

»Das erwarte ich ja gar nicht«, sagte Joschi leise.

»Was dann?«

»Aaron ist wirklich ätzend zu mir«, flüsterte Joschi. »Ich ertrage das nicht.«

»Ich rede mit ihm«, versicherte ihm Cem. »Er wird aufhören.«

Joschi hob den Kopf und sah Cem in die braunen Augen.

»Und dann?«, fragte er.

»Ich weiß es nicht. Wir müssen uns erst mal richtig kennenlernen.«

Joschi nickte müde. Er wollte nachdenken. Dazu brauchte er Zeit.

Sie verabredeten, dass sie sich am nächsten Tag wiedersehen würden. Bis dahin wollte Cem Aaron dazu bringen, Joschi in Ruhe zu lassen.

Nach einem etwas einsamen Abend, weil Karin wieder verabredet war, und einer unruhigen Nacht, in der Joschi von Erinnerungen wachgehalten wurde, stand er am nächsten Tag früh auf. Er schlenderte zum Strand. Er war sich nicht sicher, ob er Cem treffen würde.

Tatsächlich sah er Cem und die anderen am Strand sitzen. Ihre Boards lagen neben ihnen im Sand und Aaron und Cem kringelten sich gerade vor Lachen, als Joschi den Dünenkamm erreichte. Er blieb stehen und beobachtete die beiden. Sie gingen so harmonisch miteinander um, dass man in ihnen ein Paar vermuten konnte. Joschi versuchte, diese Gedanken zu verdrängen, aber er schaffte es nicht, sich dagegen zu wehren.

Tränen kämpften sich den Weg bis in seine Augen vor und erneut schnürte sich sein Hals zu. Er würde gegen diese Freundschaft nicht ankommen. Und als er an seine Freundschaft mit Tom dachte, wurde ihm klar, dass sie auch lange nichts trennen konnte. Das war jetzt anders, das hatten sie gemeinsam verbockt. Kurz wünschte sich Joschi, dass die Freundschaft von Cem und Aaron genauso Brüche davontragen würde, wie es bei ihm und Tom passiert war. Doch dann wurde ihm klar, wie gemein dieser Gedanke war. Wie sehr ihn selbst der Verlust von Toms Freundschaft verfolgte. Das wünschte er den beiden nicht. Er wollte sich nicht in diese Freundschaft drängen. Gegen Aaron kam er nicht an. Er wollte aber auch nicht die nächsten Tage jedes Mal abdrehen, wenn er Cem oder Aaron am Strand begegnete. Dafür war die Insel zu klein. Für ihn gab es nur einen Weg.

FLUCHT

WIEDER STAND JOSCHI an Bord der Fähre, mit der er vor zwei Tagen angekommen war. Er hatte seine Tasche gepackt, Karin eine Whatsapp-Nachricht geschickt und war allein zum Hafen gegangen. Er hoffte, dass Karin ihn nicht aufhalten würde, wenn sie die Nachricht las, sondern dass sie ihn verstand.

Auf dem Deck der Fähre warteten ein paar Urlauber, die die Insel verließen, an der Reling auf die Abfahrt und blickten zurück. Unten am Anleger wurden die Koffer eingeladen, ein paar verspätete Fahrgäste hechteten über die gepflasterte Straße auf den Hafen zu. Und Joschi hatte einen fetten Kloß im Hals. Hatte er sich richtig entschieden? Hätte er Cem und sich noch eine Chance geben sollen? Sie hätten zumindest miteinander reden können. Joschis Entscheidung geriet ins Schwanken. Er griff nach seiner Tasche, die neben ihm stand, und war kurz davor, das Schiff wieder zu verlassen.

Doch dann fiel ihm wieder ein, wie vertraut Cem und Aaron am Strand gewirkt hatten. Er wollte Cem nicht die Pistole auf die Brust setzen. Er wollte ihn nicht zwingen, sich zwischen ihm und Aaron zu entscheiden. Das war nicht fair. Entmutigt ließ er die Tasche wieder fallen. Selbst wenn er hierbliebe – in einer Woche würde er ja trotzdem wegfahren. Zurück in seine Heimat. Und dann wartete das Studium in der Stadt auf ihn. Cem lebte vierhundert Kilometer entfernt. Wie sollte das funktionieren?

Er musste diesen Kerl aus seiner Erinnerung streichen. Egal, wie besonders die eine Nacht gewesen war.

Die Fähre stieß ein Signal aus. Der letzte Aufruf an alle, die noch mitfahren wollten. Neben ihm wurden die ersten Taschentücher aus den Hosentaschen gezogen und auch unten am Kai winkten die Zurückbleibenden nach oben. Zwei Matrosen traten aus dem Inneren der Fähre heraus und machten sich bereit, die Gangway einzuziehen, damit die Fähre ablegen konnte.

Gerade wollte Joschi sich von der Reling lösen, als er auf dem Weg jemanden laut rufen hörte. Er kniff die Augen zusammen, um zu sehen, was da los war. Ein Fahrrad raste im Höllentempo auf den Hafen zu und darauf saß jemand, der aus voller Kehle schrie. Cem! Joschis Bauch verkrampfte sich.

Cem raste den abschüssigen Weg zum Anleger herab, winkte mit einer Hand und rief »Stopp! Nicht abfahren!«. Als er den Kai erreichte, suchte er panisch die Reling der Fähre ab und entdeckte Joschi.

»Joschi!«, rief er.

Jetzt sah Joschi, dass Cem heulte. Die Tränen flossen ihm über das Gesicht, doch er verlor keine Zeit, sondern raste auf die Gangway zu, sprang vom Fahrrad, das scheppernd ein Stück weiterrollte, bis es gegen einen Poller krachte und umfiel. Cem rannte die Brücke hinauf. Sofort drängte sich Joschi an den anderen Fahrgästen vorbei, ihm entgegen. Schon aus der Entfernung sah er Cem völlig außer Atem mit den beiden Matrosen diskutieren. Als er Joschi entdeckte, schlüpfte er an den beiden vorbei und stürzte direkt auf ihn zu.

»Du darfst nicht wegfahren!«, sagte er. »Bitte bleib!«

Jetzt stürzten auch Joschi die Tränen aus den Augen. Cem schlang seine Arme um ihn und Joschi vergrub seinen Kopf an Cems Hals.

»Joschi, bitte«, schluchzte Cem. »Wir kriegen das hin.« Er löste sich aus Joschis Umklammerung und sah ihn an. »Ich habe mit Aaron gesprochen. Er wird sich nicht mehr einmischen!«

»Aber wie soll das gehen?«, fragte Joschi. »In einer Woche fahre ich sowieso weg. Du lebst in einer ganz anderen Stadt.«

»Ich weiß. Aber wir finden eine Lösung.«

Einer der Matrosen trat neben die beiden. »Jungs, entscheidet euch. Bleibt ihr hier oder fahrt ihr mit?«

Cem sah Joschi an. Und in dem schrie alles, dass er sofort mit Cem von Bord gehen sollte. Nur die Vernunft zerrte ihn noch in die andere Richtung.

»Joschi!«, flüsterte Cem.

»Jungs!«, mahnte der Matrose.

»Kann ich dir vertrauen?«, fragte Joschi leise.

»Ja«, murmelte Cem.

»Wie kann ich das wissen?«

Einen Moment lang sah Cem ihn verzweifelt an. Dann schüttelte er den Kopf.

»Gar nicht. Das ist der Sinn von Vertrauen.« Er machte eine kurze Pause, in der der Matrose demonstrativ auf seine imaginäre Uhr am Handgelenk tippte. Dann atmete Cem tief durch und sagte: »Ich habe mich in dich verliebt. Und wenn du nicht hierbleibst, dann fahre ich mit dir ans Festland.«

Joschi lachte leise. »Aber du hast doch gar keine Tasche dabei.«

»Egal.«

Da nahm Joschi Cems Hand und zog ihn mit sich zur

Gangway. Sie kletterten die Schräge hinab. Kaum hatten sie festen Boden unter den Füßen, wurde die Brücke auch schon hinter ihnen eingezogen und die Fähre legte ab.

Eng umschlungen verharrten die beiden eine Weile am Kai. Joschi spürte Cem, an den Armen, an der Brust und dem Bauch, er spürte ihn an den Beinen und den Knien, er fühlte, wie sich sein Penis aufgeregt zu Wort meldete und im Gegenzug eine entsprechende Antwort von Cems Penis kam. Joschi war glücklich und schob alle Zweifel von sich. Er sog den Geruch dieses Kerls ein, der ihn verrückt machte, er schmeckte seine Lippen, als sie sich küssten. Und selbst als sie kurz darauf das leicht lädierte Fahrrad aufrichteten, Joschis Tasche auf dem Gepäckträger festmachten und das Rad langsam in Richtung Ostdorf schoben, ließen sie sich nie los. Irgendeine Hand klebte immer an dem anderen.

Karin lachte, als sie die beiden ankommen sah. Cem hatte Joschi auf dem Weg erzählt, was passiert war: Er wollte Joschi eigentlich sagen, was er für ihn empfand, hörte dann aber von Karin, dass sie gerade die Nachricht gelesen hatte, Joschi werde mittags das Schiff zum Festland nehmen. Als sie Cems Entsetzen sah, verstand sie sofort, was los war, schob ihm ihr Fahrrad zu und sagte ihm, dass er exakt fünf Minuten habe, bis das Schiff ablege. Cem brachte den Weg, für den man eigentlich mit dem Rad acht Minuten brauchte, in viereinhalb Minuten hinter sich.

Karin fragte zwar, ob sie noch etwas brauchten, doch sie erntete nur Kopfschütteln. Eine Minute später waren die beiden in Joschis Zimmer. Eine weitere Minute später waren sie nackt. Und den Rest des Tages blieben sie im Bett. Mehr brauchten sie heute nicht mehr.

Das war der Einstieg in die GayStorys. Jetzt willst du wissen, wie es mit Joschi weitergeht?
Die ersten Bände sind schon erschienen und auf den folgenden Seiten findest du eine Leseprobe dazu.

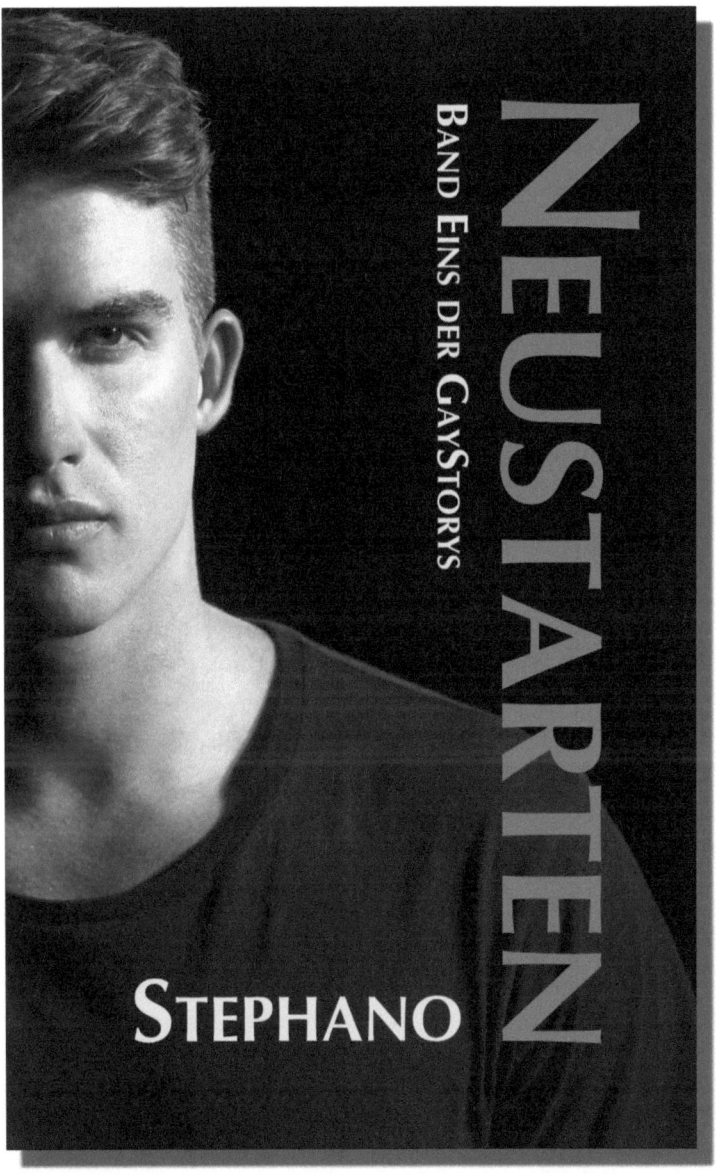

BAND EINS DER GAYSTORYS

NEUSTARTEN

STEPHANO

PROLOG

TOM HATTE DIE Abifeier in der Aula der Schule verlassen, weil er frische Luft brauchte. Der Alkohol war ihm zu Kopf gestiegen und dämpfte seine Gedanken, aber er mochte diesen Effekt, weil er dann weniger über sich und sein Leben grübelte. Daher hatte er einen Moment allein sein wollen, um dieses Gefühl voll auszukosten. Die Haare fielen ihm halblang ins Gesicht und er hatte sich geweigert, einen Anzug anzuziehen, obwohl seine Mutter ihn dazu gedrängt hatte. Ihm gefiel sein Stil: die ausgebeulte Jeans, der schwarze Hoodie und die Sneakers. Sollten die anderen doch von ihm denken, was sie wollten.

Sein bester Freund Joschi stand plötzlich neben ihm und sah ihn verschmitzt an. Joschis Mutter hatte ihm zwar ein schmales Sakko und eine Stoffhose aufschwatzen können, aber er trug das Hemd immerhin offen und gewährte Tom so einen reizvollen Blick auf die trainierte Brust und damit auf einen Körper, den er seit Jahren kannte, weil sie oft zusammen im Schwimmbad gewesen waren und immer wieder beieinander übernachtet hatten. Nur kurz sinnierte er über Joschis Look, dann wandten sich seine Gedanken wieder anderen Dingen zu. Sie hatten das Abitur in der Tasche und der Sommer lag vor ihnen. Joschi hielt einen Joint hoch.

»Kommst du mit in den Fahrradkeller?«, fragte er.

Tom nickte und stieß sich von der Mauer ab, an der er lehnte. Sie schlenderten über den dunklen Schulhof, schlüpften durch die Holztür in den Fahrradkeller, in dem sie während der letzten zwei Jahre immer mal wieder gekifft hatten, und schlichen durch den dunklen Raum. Licht brauchten sie dazu nicht, denn sie kannten hier jeden Zentimeter. In einer Ecke lag die alte Matratze auf dem Boden, die der Hausmeister zum Glück nicht wegräumte und auf der sie es sich nun bequem machten. Joschi zündete den Joint an und reichte ihn kurz darauf an Tom weiter.

Der Rausch stieg innerhalb von Sekunden in Toms Gehirn und machte ihn ganz leicht. Obwohl ihn die Schule in den letzten Monaten total genervt hatte, wünschte er sich jetzt, sie könnten einfach immer so weitermachen: Kiffen, abhängen, zocken, über die anderen aus der Stufe lästern. Mehr wollte Tom eigentlich nicht. Stattdessen stand bald seine Ausbildung an. Tom ahnte jetzt schon, dass die kein gutes Ende nehmen würde. Aber er hatte sich dem Druck seines Vaters gebeugt, so wie er es immer getan hatte.

»Wann fängt dein Studium an?«, fragte er Joschi und bemerkte dabei, dass er sich nicht mehr ganz klar artikulieren konnte. Er kicherte.

»Was ist los?«, fragte Joschi.

»Besoffen und bekifft.«

Joschi zog am Joint und stieß belustigt den Rauch in die Dunkelheit des Fahrradkellers.

»Im Oktober fange ich an. Aber ich ziehe schon nächste Woche in die Stadt. Ich habe einen Job gefunden und will erst mal ein bisschen Geld verdienen.«

An ein Studium hatte Tom auch gedacht, die Idee aber schnell wieder verworfen. Er wollte nicht schon wieder lernen. Und was sollte er auch studieren? Sein Vater hatte ihm ja oft genug klargemacht, wo sein Platz war: hier in der Provinz, mit einem guten Job, einem Eigenheim und einer Rente, auf der er sich ausruhen konnte. Für ein Studium war da kein Platz.

Der Joint war bis zum Ende aufgeraucht. Tom lehnte sich mit angewinkelten Beinen an die raue Wand des Fahrradkellers und schloss die Augen. Es fühlte sich an, als würde er schweben. Dieses Zeug von Joschi war fantastisch. Einerseits verlangsamte es alles und bettete Tom in eine wohlige Welt ohne Probleme, andererseits machte es ihn auch jedes Mal geil. Manchmal rauchte er zu Hause allein einen Joint und wichste dann zu seinen Fantasien. Fantasien, über die er mit niemandem sprach, weil sie ihm eigenartig falsch vorkamen. Erinnerungen an die Momente, in denen er seine Mitschüler nackt gesehen hatte. Aber seine Fantasien gehörten ihm ganz allein.

Als er Joschis Hand auf seinem Knie bemerkte, konnte er nicht sagen, wie lange sie schon da gelegen hatte. Tom spürte das Blut in seinem Penis pulsieren und atmete tief aus. So durfte es bleiben: Mit seinem besten Kumpel in einem dunklen Fahrradkeller sitzen, kiffen und an Sex denken.

Ihn störte es auch nicht, dass Joschis Hand nun langsam an seinem Oberschenkel aufwärts wanderte. Wohlige Wärme ging von ihr aus. Er legte seine Hand auf Joschis Bein.

»Woher hast du dieses Zeug bloß?«, fragte er kichernd. »Damit könnte man den Kirchenvorstand zu krassen Orgien verführen.«

Joschi lachte. »Als wenn ich den verführen wollte!«

»Wer will das schon?«

Joschis Hand erreichte seinen Schritt und legte sich auf den Stoff über Toms Schwanz. Toms Atem stockte.

Alles in ihm wollte, dass sie dort einfach eine Weile liegen blieb. Seine Hand suchte sich nun ebenfalls den Weg an Joschis Bein aufwärts. Toms Schwanz zuckte und die Jeans war plötzlich viel zu eng. Joschis Hand verweilte auf dem Stoff der Hose und strich sanft über die darin verborgene Erektion.

Tom beschloss, dass ihm jetzt einfach alles egal sein konnte. Er war jung, er hatte das Abitur geschafft, das ganze Leben lag vor ihm. Er schob seine Hand weiter aufwärts, und als er Joschis Schwanz erreichte, stellte er fest, dass Joschi genauso geil war wie er selbst. Er tastete über die steife Latte in der braven Stoffhose. Joschi stöhnte leise und griff nun fester nach Toms Schwanz. Er rieb ihn und Tom spürte, dass er sich nicht mehr lange zurückhalten konnte.

Von draußen näherten sich Stimmen. Tom erschrak und im gleichen Moment kam er. Er stöhnte auf. Die Tür zum Fahrradkeller quietschte in den Angeln und Tom zog seine Hand blitzschnell aus Joschis Schritt. Er drückte sich an der Wand hoch. Ihm war schwindelig vom Alkohol und der Kiffe, er fühlte das warme Sperma in seiner Hose und dann standen drei Mädels aus ihrem Jahrgang vor ihnen.

»Stören wir?«, fragte Pia kichernd und sah Tom neugierig an. »Wir wollten hier nur kurz einen Joint durchziehen.«

»Macht's euch bequem. Wir sind gerade fertig«, sagte Tom mit belegter Stimme und ging zügig an den Mädels vorbei auf den Ausgang zu.

Er hechtete durch die Tür und rannte über den Schulhof.

»He, Tom, warte mal!«, hörte er Joschi hinter sich rufen.

Aber Tom wollte jetzt nicht mit ihm reden. Was hatte er getan? Er lief weiter, stürmte in die Aula, schnappte sich an der Bar ein Bier und verzog sich in eine Ecke, halb hinter einem Vorhang versteckt, in der ihn niemand sah. Er trank das Glas in einem Zug halb leer, als müsste er einen unangenehmen Geschmack loswerden. Er lehnte sich leicht zitternd an die Wand, schloss für einen Moment die Augen und riss sie dann wieder auf. War das wirklich gerade passiert?

Die Tanzfläche war rappelvoll. Die meisten Lehrer waren längst gegangen, aber seine Mitschüler feierten noch ausgelassen das bestandene Abitur. Tom tastete vorsichtig einen Schritt ab. Er musste den feuchten Fleck auf seiner Hose verstecken. Zweimal sah er Joschi noch suchend durch den Raum gehen und mit ein paar Leuten sprechen, die alle die Köpfe schüttelten, dann machte sich Tom vom Acker.

Zwei Jahre war das nun her, und seitdem hatte Tom jeden Kontakt zu Joschi vermieden.

Erstes Kapitel

Seit zwei Jahren schob Tom Akten von einer Seite des Schreibtisches auf die andere, bewilligte Anträge oder lehnte sie ab. Einen Sinn sah er darin schon lange nicht mehr. Klar, irgendjemand musste den Job machen. Aber er hatte sich nach dem Abitur keine Gedanken darum gemacht, *wie* öde es sein würde, jeden Tag das Gleiche zu tun.

Die Arbeit kotzte Tom an.

Er war jetzt zwanzig Jahre alt, wohnte immer noch bei seinen Eltern und machte den langweiligsten Job der Welt. Weil er sich kaum für Sport interessierte, versteckte sich sein Waschbrettbauch mittlerweile unter einer dünnen Fettschicht, gegen die er stetig und genauso erfolglos ankämpfte. Er kleidete sich im Grunde immer noch wie in der Schulzeit: Jeans, Sneakers und Kapuzenpulli – es sei denn, es gab einen offiziellen Termin. Sein Leben bestand aus der Arbeit im Landratsamt, seinem alten Zuhause und Pia. Einzig der Roller – eine knallrote Vespa aus den 1970er-Jahren – war seine Art des Ausbruchs aus dieser Langeweile.

»Am Wochenende ist doch das Gemeindefest bei euch im Dorf, oder?«, fragte ihn sein Kollege Alex über die Computerbildschirme hinweg.

Tom erwischte sich dabei, dass er gedankenverloren auf ein kleines Glücksschwein neben seinem Computer starrte. Wie lange tat er das schon? Eine Minute, zehn? Eine halbe Stunde?

»Willst du da etwa hingehen?«, fragte er zurück und sah auf seine Uhr. Die Zeit verrann heute wieder wie zähflüssiges Blei.

»Ist doch mal was anderes«, meinte Alex und grinste ihn an. »Sonst ist ja nichts los hier.«

»Ich war seit drei Jahren nicht mehr auf dem Gemeindefest.«

Tom war diese Veranstaltungen umgangen, weil er mit dem kollektiven Besäufnis aller Altersgruppen nichts anzufangen wusste. Aber vielleicht sollte er sich das mal wieder ansehen? Was konnte er schon verlieren?

»Dann lass uns doch morgen Abend treffen«, schlug Alex vor. »Ein bisschen Spaß haben. Leute sehen. Was meinst du?«

»O.k. Um acht am Brunnen?«

Alex war der Einzige, mit dem Tom im Büro so etwas wie einen persönlichen Kontakt hatte. Die meisten anderen rockten ihren Job ab, fuhren dann zu ihren Familien in die Neubausiedlungen der umliegenden Dörfer, zeugten Kinder, pflanzten blickdichte Hecken und warteten auf ihre Rente. Wenn Tom daran dachte, dass ihm genau das auch bevorstand, war er kurz vorm Wahnsinnigwerden.

»Tom!«, brüllte passenderweise der Chef aus seinem Zimmer quer über den Flur.

Tom stöhnte genervt. Er drückte sich von seinem Drehstuhl hoch. Was hatte er diesmal falsch gemacht? Er marschierte über den Flur auf die Tür des Chefs zu und spürte die verächtlichen Blicke aus den Büros seiner Kolleginnen und Kollegen.

»Hast du diese Akte angelegt?«, blaffte ihn der Chef an und hielt ihm einen Ordner unter die Nase.

»Was ist denn damit?«

»Du weißt genau, dass Neuanträge in grüne Ordner sortiert werden, nicht in schwarze!«

»Grüne waren nicht mehr da.«

»Dann musst du den Vorgang zurückstellen!«

»Der Antrag hat höchste Priorität …«

»Das spielt keine Rolle. Neuanträge grün!«

Der Chef knallte den Ordner auf den Tisch und wandte sich seinem Computer zu. Tom sah ihn fassungslos an. Wer nichts mehr von seinem Leben erwartete, diskutierte über Ordnerfarben.

»Ist noch was?«, fauchte der Chef, ohne den Blick von seinem Bildschirm abzuwenden.

»Ich habe mich auf ein Studium beworben«, sagte Tom. Das hier schien ein guter Moment, die Katze aus dem Sack zu lassen.

»Und?«

»Ich bin vermutlich in einem Monat weg.«

»Das musst du mit der Personalabteilung klären, nicht mit mir.«

»Ich wollte … ach, vergessen Sie's.«

Der Chef sah Tom kurz an. »War's das?«

Tom nickte, schnappte sich den Ordner, drehte sich um seine Achse und verließ den Raum. Die Kollegen auf dem Flur hatten natürlich jedes Wort mitbekommen und einige grinsten Tom auf seinem Rückweg hämisch nach.

»Der hat heute wieder eine beschissene Laune«, stellte Alex treffend fest, als Tom auf seinen Stuhl plumpste. »Gut, dass du weggehst.«

»Darüber scheinen sich ja alle zu freuen.«

Alex reckte den Kopf an seinem Bildschirm vorbei. »Ich finde es schade«, sagte er. »Und wer weiß, wen der Idiot mir demnächst gegenübersetzt. Der Ausblick kann auf keinen Fall besser werden.« Alex zwinkerte ihm zu und wandte sich wieder seiner Arbeit zu.

Tom war aus seinem Kollegen nie ganz schlau geworden. Sie saßen sich jetzt seit einem Jahr gegenüber und immer wieder hatte Alex mehrdeutige Anspielungen gemacht. Tom war sich mittlerweile sicher, dass Alex eigentlich auf Männer stand, auch wenn er seit fünfzehn Jahren verheiratet war und zwei Kinder hatte. Aber was bedeutete das schon? Jeder, der in der Provinz nicht mit Mitte zwanzig verheiratet war, ein Haus baute und Kinder in die Welt setzte, machte sich verdächtig. Also tat man das eben. Tom hörte seine Uhr ticken.

Ende der Leseprobe

Auch der zweite Band ist schon erschienen!

Stephano wuchs in Niedersachsen auf, bevor er zum Studium nach Köln ging. Germanistik, Skandinavistik und Philosophie stand auf dem Plan. Seit 2007 schreibt er. Heute lebt er mit seinem Mann in Köln.

Wenn du nichts mehr von Stephano verpassen willst, dann melde dich am besten sofort bei seinen GayLetters an und hol die eine exklusive Gratis-Geschichte: www.stephano.eu

Du findest ihn auch hier:
Instagram: stephano_schreibt
Facebook: www.facebook.com/StephanoSchreibt